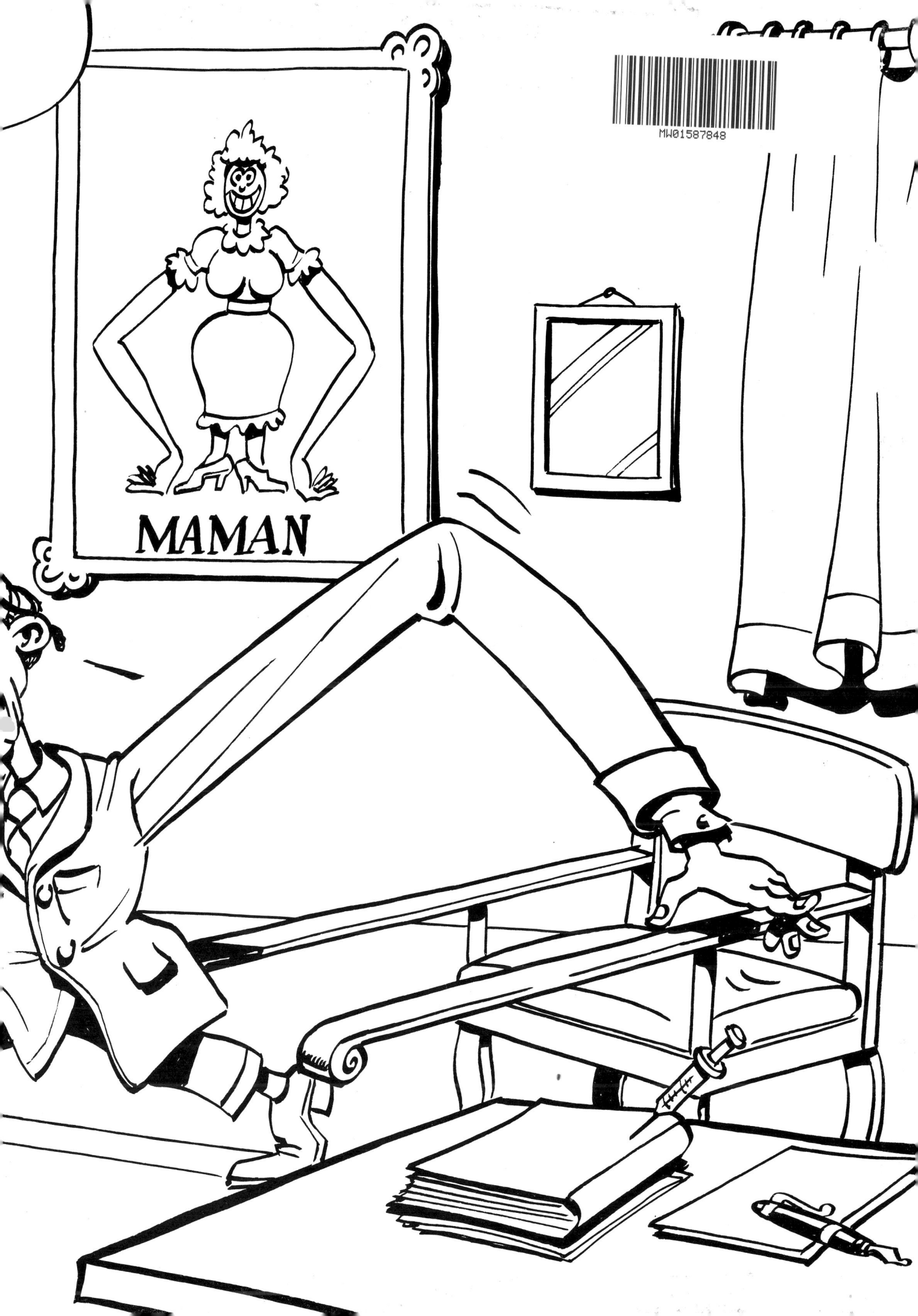

SCÉNARIO : COURTEMANCHE & ERROC   **DESSIN : MARTY**

Avec l'aimable autorisation de ROZON

PARIS · BARCELONE · BRUXELLES · LAUSANNE · LONDRES · NEW YORK · STUTTGART

EDITEUR

© **DARGAUD ÉDITEUR 1995**

Tous droits de traduction, de reproduction et d'adaptation strictement
réservés pour tous pays.
"Loi n° 49-956 du 16 juillet 1949 sur les publications
destinées à la jeunesse."

Dépôt légal Février 1995
ISBN 2-205-04383-8

Imprimé et relié par Partenaires

Printed in France

COURTEMANCHE PIANISSIMO

COURTEMANCHE A DU NEZ

COURTEMANCHE À AIR

COURTEMANCHE OLYMPIQUE (I)

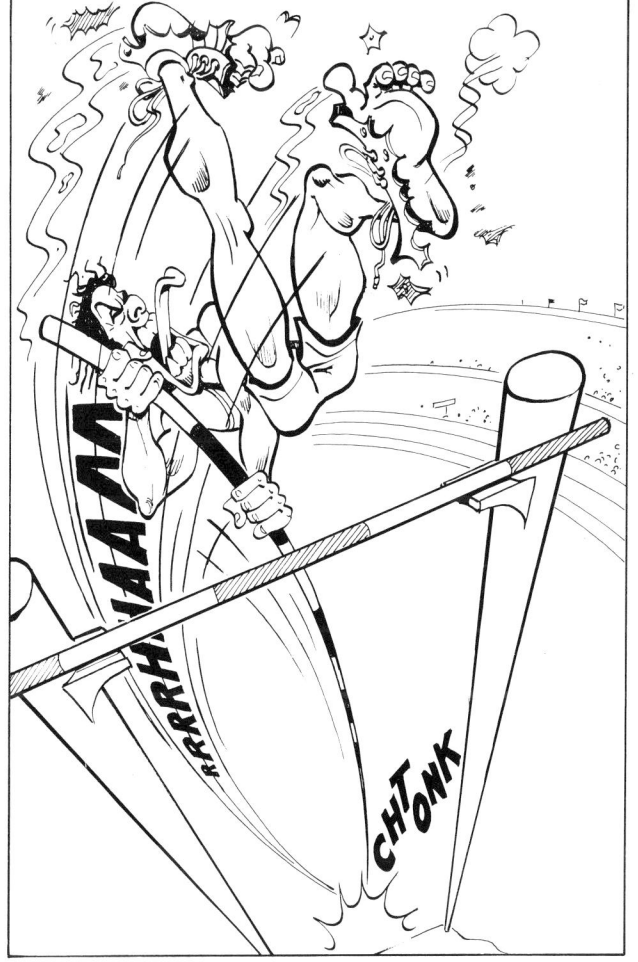

COURTEMANCHE OLYMPIQUE (II)

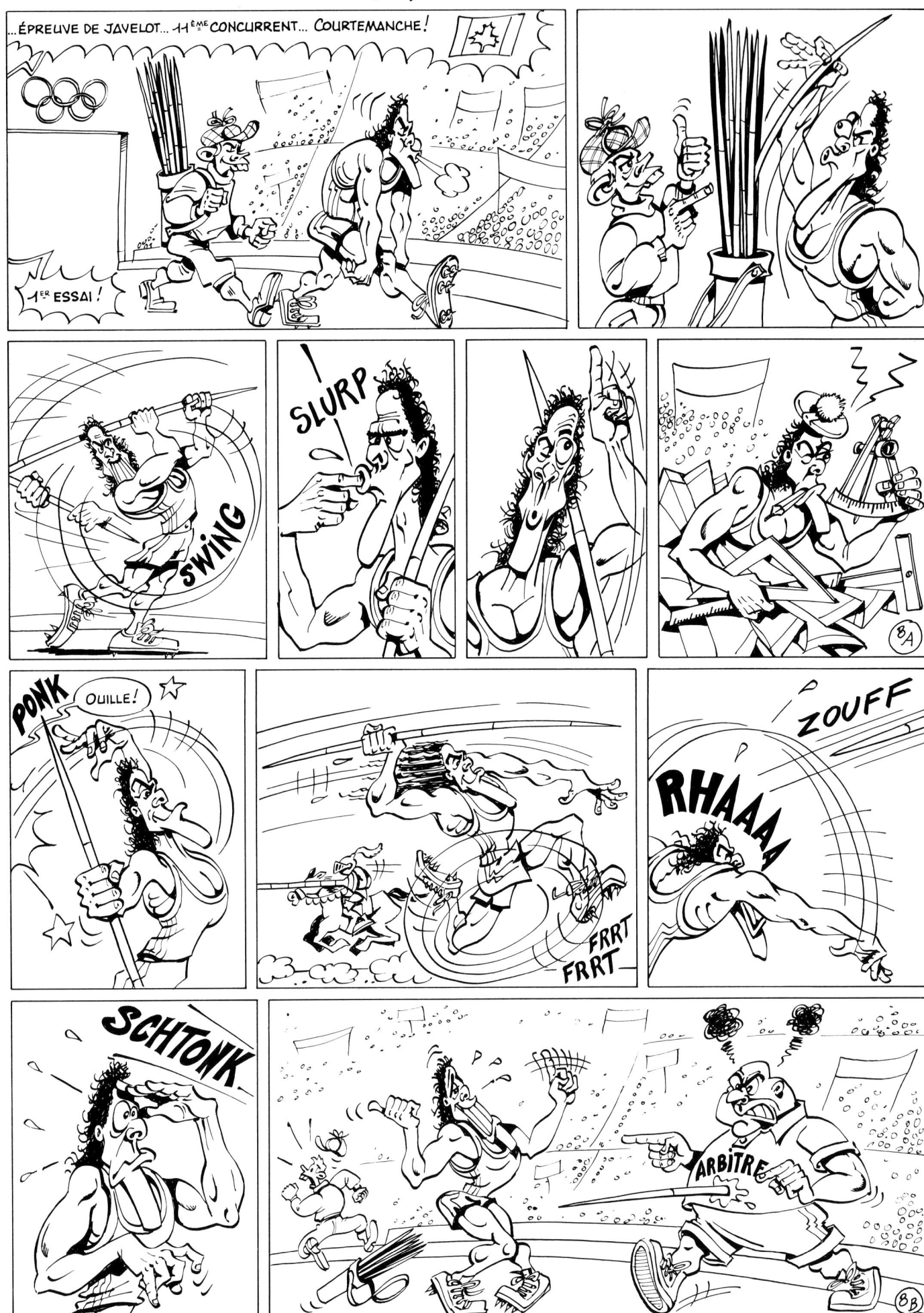

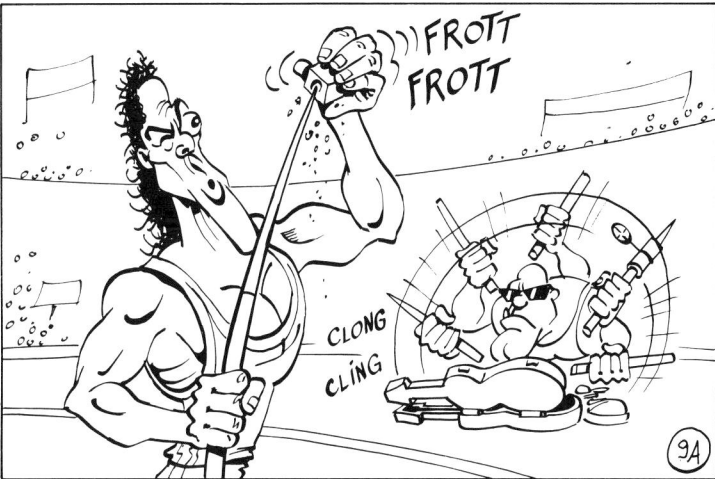

COURTEMANCHE SE FAIT UNE TOILE

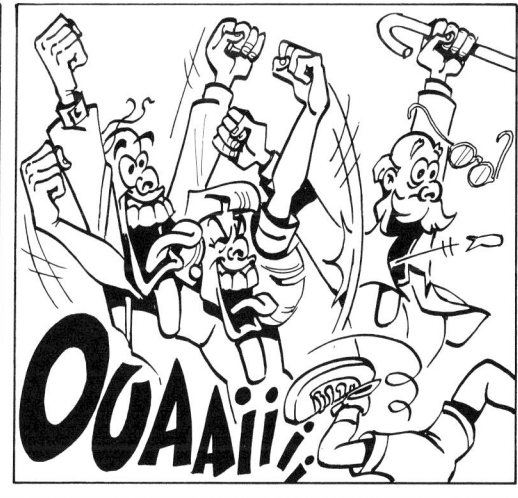

BONS BAISERS DE COURTEMANCHE

COURTEMANCHE CIRCUS

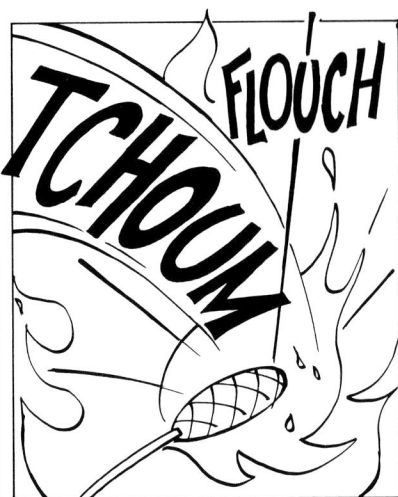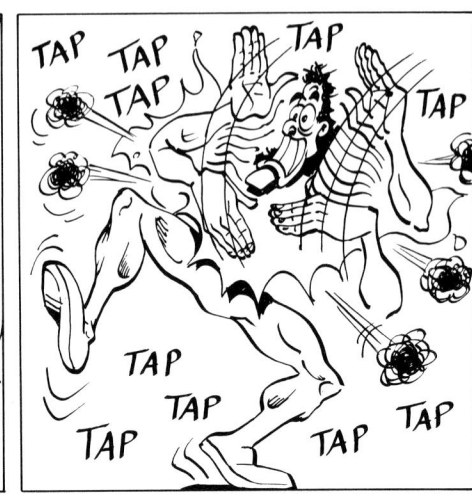

Saké Courtemanche !

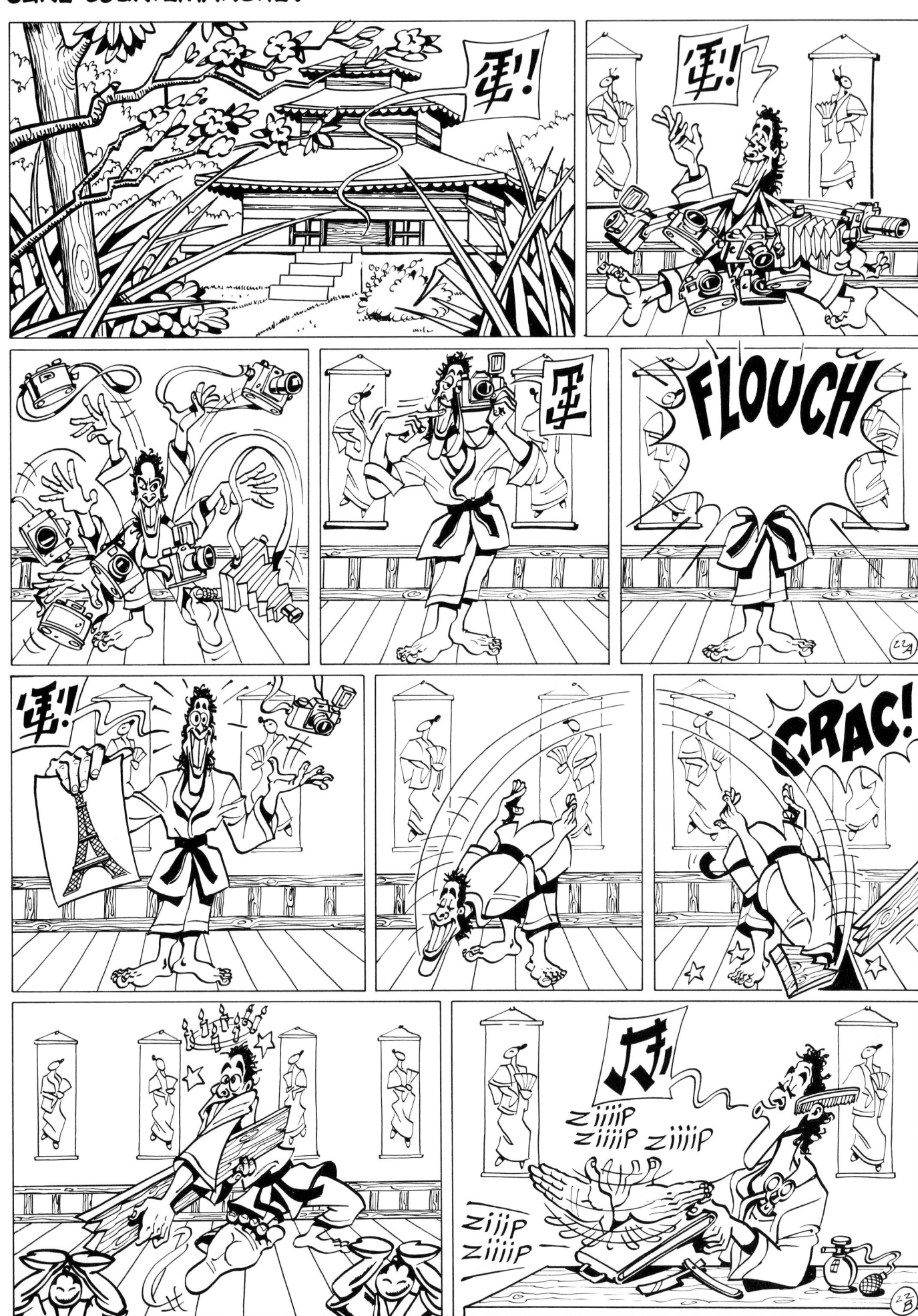

COURTEMANCHE AGITATO

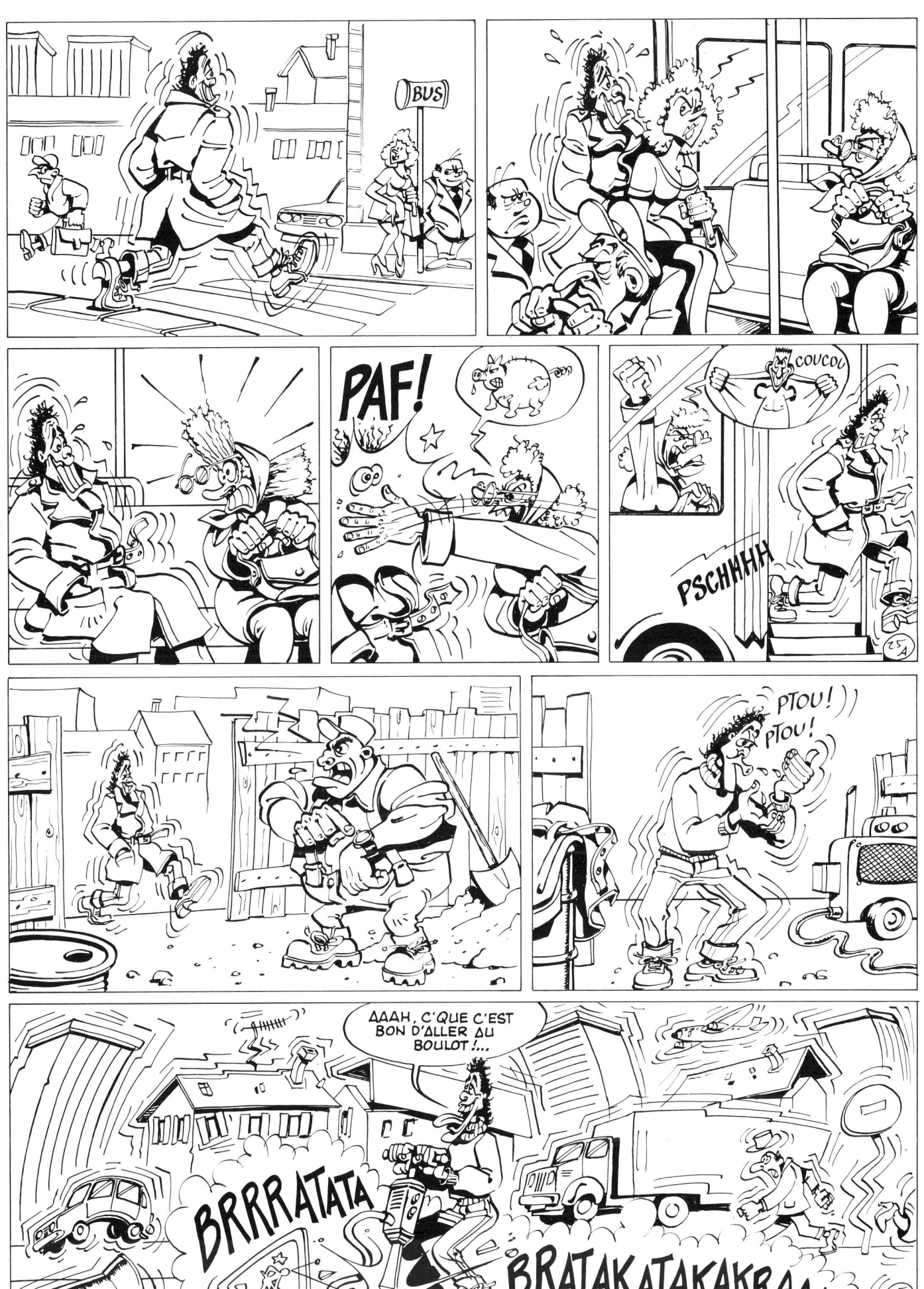

Courtemanche et Juliette

COURTEMANCHE OLYMPIQUE (IV)

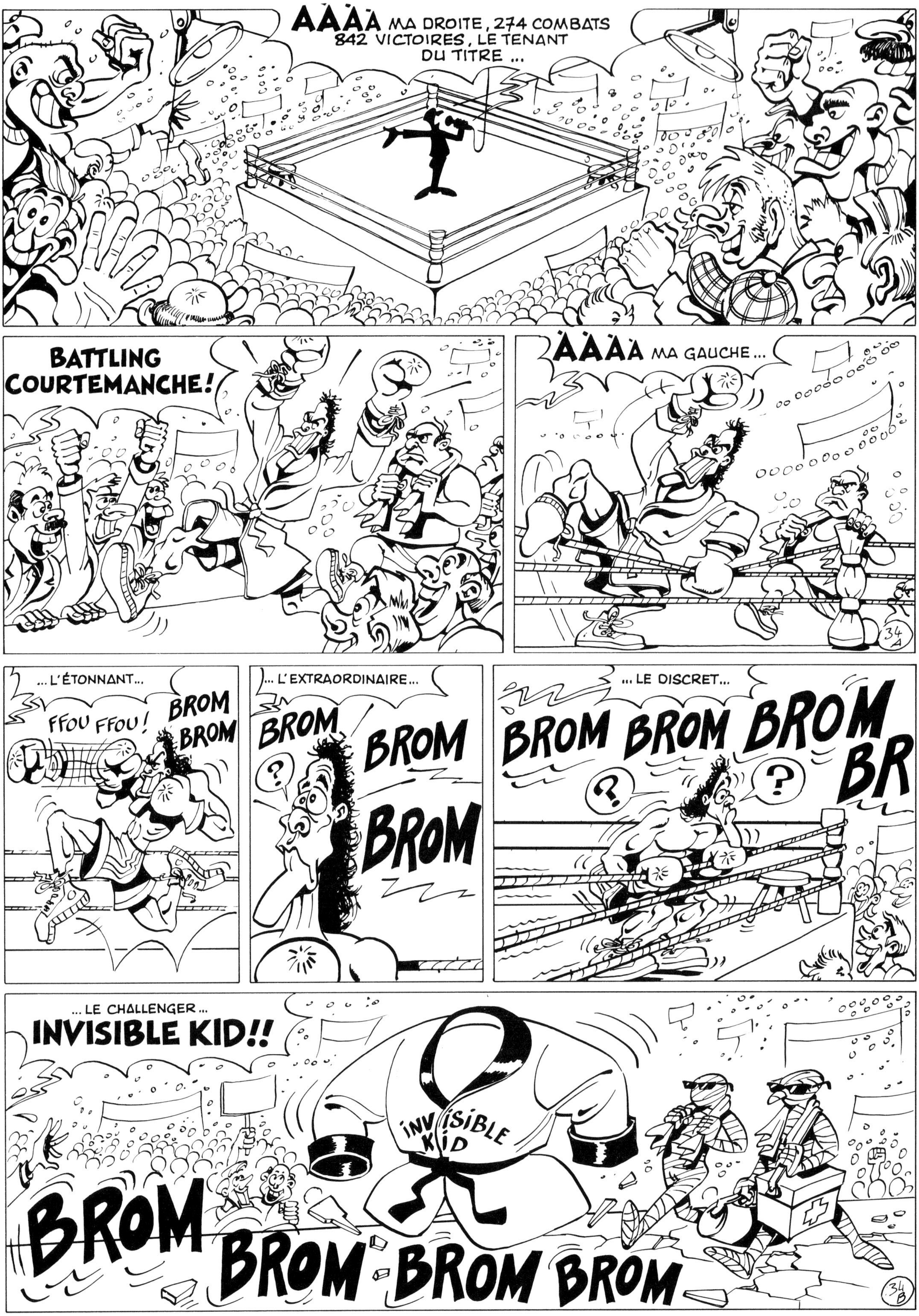

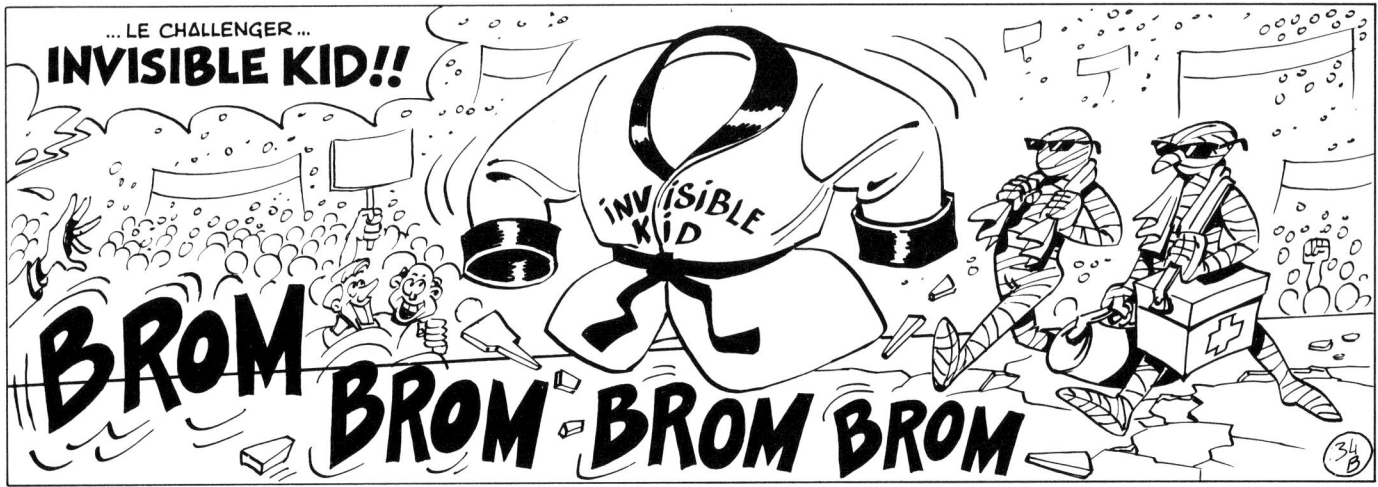

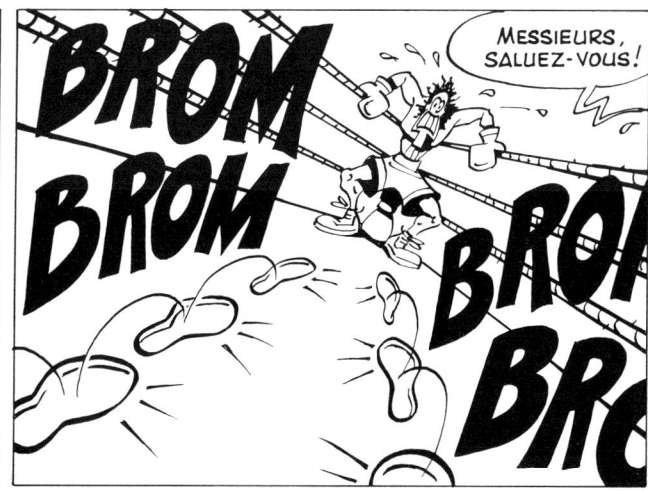

COURTEMANCHE FORTISSIMO

COURTEMANCHE EN SOLITAIRE

COURTEMANCHOLOGIE